Las ardillas

Quinn M. Arnold

CREATIVE EDUCATION

semillas del saber

Publicado por Creative Education
P.O. Box 227, Mankato, Minnesota 56002
Creative Education es una marca editorial
de The Creative Company
www.thecreativecompany.us

Diseño de Ellen Huber; producción de Dana Cheit
Dirección de arte de Rita Marshall
Impreso en los Estados Unidos de América
Traducción de TRAVOD, www.travod.com

Fotografías de Alamy (Robert Eastman, Cheryl Fleishman, Panther Media GmbH), Dreamstime (Robert Wisdom), iStockphoto (Dgwildlife, Dovapi, GlobalP, hardeko, itsjustluck, jillyafah, Kenneth_Keifer, Mr_Twister, Nataba, pidjoe, Preto_perola, pshenina_m, Rickochet, SallyNewcomb, sergeyryzhov, SumikoPhoto, Terryfic3D), Shutterstock (Maksimilian)

Información del Catálogo de publicaciones de la Biblioteca del Congreso is available under PCN 2018931125.
ISBN 978-1-64026-095-5 (library binding)

TABLA DE CONTENIDO

¡Hola, ardillas!

Las ardillas de cola espesa son animales del jardín trasero.

La mayoría vive en los árboles.

Las ardillas de los árboles tienen patas y brazos fuertes.

Las garras afiladas los ayudan a escalar.

Corren y saltan de un árbol a otro.

Las ardillas peludas pueden ser marrones, rojas, grises o negras.

Muchas tienen vientres de color más claro.

Las ardillas almacenan nueces para el invierno.

Comen bayas e insectos.

Roban semillas y huevos de pájaros.

Las ardillas construyen **nidos** o se esconden en los árboles.

Los bebés cachorros de ardilla nacen ciegos.

No tienen pelo al principio.

Una ardilla entierra nueces.

Se sube a un árbol.

"¡Chuk-chuk-chuk!" Mueve la cola y parlotea.

¡Adiós, ardillas!

Dibuja una ardilla

ojo
garra
pie

Palabras que debes saber

insectos: animales cuyo cuerpo tiene tres partes y seis patas pero no huesos

nidos de ardilla: nidos grandes, cerrados, hechos de ramitas, en lo alto de un árbol

Índice